MICHAEL RAMSAUER

HIMMELFAHRT

Das Triptychon der Kreuzkirche zu Sandkrug

Inhaltsverzeichnis

Ein Zeichen für die moderne Sakralkunst in unserer Zeit
Horst Lucke, Präsident der Oldenburgischen Landschaft — 4

Das verbindende Element zwischen Tradition und Gegenwart
Horst Schreiber, Vorstand Öffentliche Versicherungen Oldenburg — 5

Die zentrale Hoffnung vor Augen
Gedanken zum Altarbild in der Kreuzkirche zu Sandkrug
von Jens Möllmann — 7

Malerei unter den Bedingungen irdischen Lebens –
Das Triptychon für die Kreuzkirche in Sandkrug
von Daniel Spanke — 11

Jenseits der Profanität – Sakralkunst und Gegenwart
Anmerkungen zu Michael Ramsauers Altarbild in Sandkrug
von Jörg Michael Henneberg — 21

Bildtafel — 30

„Die Tradition dient mir als Vergewisserung"
Michael Ramsauer im Gespräch mit Irmtraud Rippel-Manß — 33

Michael Ramsauer — 46

Die Autoren — 47

Impressum — 47

Ein Zeichen für die moderne Sakralkunst in unserer Zeit
Horst-Günter Lucke, Präsident der Oldenburgischen Landschaft

In den Kirchen des Oldenburger Landes sind die wichtigsten Kulturdenkmäler des Oldenburger Landes zu finden. Besonders die Altäre, Kanzeln und Taufbecken des Hamburger Bildschnitzers Luwig Münstermann, die mitten im Dreißigjährigen Krieg entstanden, dem die Grafschaft Oldenburg durch die kluge Neutralitätspolitik des Grafen Anton Günther weitestgehend entging, sind hier zu nennen.

Aber auch die zahlreichen romanischen Kirchen im Norden des Oldenburger Landes und die historistischen Kirchen im Süden sind neben ihrer gottesdienstlichen Funktion bedeutende Tourismusziele. In der Zeit nach dem Zweiten Weltkrieg entstanden auch im Oldenburger Land durch den Zuzug der Heimatvertriebenen zahlreiche neue Kirchen und die Moderne hielt nun endgültig Einzug in den Sakralraum.

Die Kreuzkirche in Sandkrug hat ihren Ursprung in einer hölzernen Behelfskirche, die unmittelbar nach dem Kriege entstand und später durch einen modernen Sakralbau ersetzt wurde.

Als ersten Vorsitzenden der Kirchbaustiftung und als Präsident der Oldenburgischen Landschaft hat es mich sehr gefreut, dass der Auftrag für ein modernes Altarbild an den Oldenburger Künstler Michael Ramsauer vergeben wurde. Dies finanziell zu schultern, wäre nicht möglich gewesen, ohne die großzügige finanzielle Unterstützung der Kulturstiftung der Öffentlichen Versicherungen Oldenburg und durch die Kirchbaustiftung. Dem Vorstand der Kulturstiftung der Öffentlichen Versicherungen, Herrn Horst Schreiber, danke ich herzlich für sein außerordentliches Engagement in dieser Sache. Gerne hat die Oldenburgische Landschaft die Herausgeberschaft für die Monografie zum Altarbild in der Kreuzkirche in Sandkrug übernommen. Auch hier haben die Öffentlichen Versicherungen die Drucklegung ermöglicht, wofür ich mich im Namen der Oldenburgischen Landschaft herzlich bedanke. In einer Zeit, in der die Kirchen einen Rückgang an Gläubigen zu verschmerzen haben, ist ein neues Altarbild ein Zeichen für unsere gemeinsamen europäischen Werte, die sich von den christlichen nicht trennen lassen.

Ich wünsche dieser Monografie eine weite Verbreitung und möge sie im Sinne der Verkündigung ein Zeichen für die moderne Sakralkunst in unserer Zeit sein.

Das verbindendes Element zwischen Tradition und Gegenwart
Horst Schreiber, Vorstand Öffenliche Versicherungen Oldenburg

Die Förderung bildender Kunst und bildender Künstler ist ebenso eines der großen Anliegen der Kulturstiftung der Öffentlichen Versicherungen Oldenburg wie die Erhaltung und Förderung von Kulturwerten. Die Restaurierung von alten Kirchenausmalungen, die Sanierung von Baudenkmälern, die Konservierung von Sachzeugen der Geschichte in Museen gehören traditionellerweise dazu. Dass jetzt in einem einzigen Projekt die drei Förderaspekte vereint sind, ist ein ungewöhnliches Zusammentreffen: Das dreiteilige Gemälde von Michael Ramsauer gibt dem Kirchenraum der Kreuzkirche in Sandkrug nach ihrem Umbau und ihrer Sanierung nicht nur ein neues Gepräge. Es belegt auch die wichtige Rolle, die zeitgenössische Kunst im Zusammenhang mit Kirche und Religion hat, und es lenkt natürlich auch das Augenmerk auf einen interessanten Künstler. Wir haben gerne dazu beigetragen, dass dieses Projekt zustande kommen konnte.

Zum unverwechselbaren Gesicht unserer Region gehören Bauten und Kunstwerke. Sie zeigen etwas vom Lebensklima und der Gestimmtheit der Menschen an. Auch in den Kirchen, den alten wie den modernen, spiegeln sich Geschichte, Zeitgeist und Mentalitäten. Sie prägen das kulturelle Bewusstsein der Menschen und erinnern an die christliche Tradition, die untrennbar mit der Geschichte verbunden ist. Wie wichtig die Rolle ist, die dabei die Kunst in den Kirchen spielt, daran muss nicht eigens erinnert werden.

Die Bildlösung von Michael Ramsauer für die Sandkruger Kirche kann als eine Art verbindendes Element zwischen Tradition und Gegenwart verstanden werden. Sie knüpft mit figürlicher Malerei an die Kunstgeschichte an und belebt sie mit einem aktuellen und ästhetisch spannenden Beitrag. Der Künstler hat sich von seiner eigenständigen malerischen Position aus den großen Themen der christlichen Kunst – Verkündigung und Himmelfahrt – gestellt und sie in unser Zeitgefühl übersetzt. Wie er dabei Welterfahrung und Respekt vor der christlichen Tradition konzentriert und artikuliert, ist eindrucksvoll. Ich bin sicher, dass sich viele Betrachter von diesem spirituellen Angebot ansprechen lassen.

Dass Michael Ramsauer von der Kirchengemeinde mit dem Auftrag ausgezeichnet wurde, das Altarbild für die Kreuzkirche zu malen, freut uns auch deshalb besonders, weil er 2004 Preisträger des Kunst-Förderpreises unserer Kulturstiftung war. Die neue Arbeit ist ein Beleg für sein qualitätvolles künstlerisches Schaffen, mit dem er breite Anerkennung erfährt.

Die zentrale Hoffnung vor Augen
Gedanken von Jens Möllmann zum Altarbild in der Kreuzkirche zu Sandkrug

In seinem Beitrag zum Band der Oldenburgischen Landschaft über Ludwig Münstermann schreibt der ehemalige Oldenburger Oberkirchenrat Rolf Schäfer: „Wer heute eine Kirche besucht, vergisst leicht, dass er sich in einem Kultgebäude befindet ... (einem) Ort der Gottesbegegnung ... Die spezifische Form der Gottesbegegnung, die für die jeweilige Religion eigentümlich ist, ... kommt im religiösen Kunstwerk zum Ausdruck und wird von ihm im Betrachter neu angeregt und verstärkt." (W. Knollmann/P. Ponert/R. Schäfer, Ludwig Münstermann, Oldenburg 1992, S. 84).

Der Künstler Michael Ramsauer hat für ein solches Kultgebäude, einen Ort der Gottesbegegnung, Bilder, religiöse Kunstwerke geschaffen. Wenn wir sie betrachten, gilt es, nach dem zu suchen, was uns Menschen religiös anregt und stärkt. Bevor wir uns den Bildern als solchen zuwenden, seien zwei Hinweise auf die Bedeutung von Bildern in Kirchen erlaubt.

Der lutherische Zweig der Reformation hat bekanntlich die Bilder und Figuren in den Kirchen belassen. Luther selbst hatte in Auseinandersetzung mit seinem Universitätskollegen Andreas Karlstadt und dem von diesem in Wittenberg initiierten Bildersturm im Frühjahr 1522 zwar die Bilder zu den sogenannten Adiaphora gezählt, jedoch vor der irrigen Meinung gewarnt, durch das Stiften solcher Bilder Gott gnädig stimmen zu können. Solcher möglicher Missbrauch der Bilder hebe nicht den rechten, den Glauben verkündigenden Gebrauch der Bilder auf. Klassische Beispiele für den verkündigenden Dienst, den die bildende Kunst im Rahmen der lutherischen Glaubenspraxis zu leisten vermag, sind etwa im Oldenburger Land die Altäre Ludwig Münstermanns.

Gegenwärtig erleben wir im Rahmen einer mehr und mehr „globalisierten" Frömmigkeit einen Rückgriff auf eine vorreformatorische Bildertradition. Viele Menschen im Westen nutzen in ihrer Glaubenspraxis die Ikonen der Ostkirche. Michael Ramsauers Werk für die Sandkruger Kreuzkirche lässt die orthodoxe Bedeutung der Bilder für den Kirchenraum wie für den sich darin abspielenden Gottesdienst anklingen. „Inhalt jeder Ikone ist die Evangeliumsbotschaft, und der Sinn jeder Ikone besteht darin, die Auferstehungshoffnung und den Gnadenzustand des Menschen auszudrücken" (Metropolit Michael Staikos, Auferstehung. Von erlebter orthodoxer Spiritualität, Wien 2000, S. 89). Gerade auf der mittleren Tafel des Triptychons scheint die angesprochene Auferstehungshoffnung auf.

Nach diesem Exkurs soll das Sandkruger Bild selber wieder in den Mittelpunkt der Gedanken rücken. Hinter dem Lesepult bzw. der Kanzel begegnen auf der rechten Tafel Mose, die Tafeln mit den Zehn Geboten sichtbar vor sich, und Johannes der Täufer mit seinem charakteristischen Zeigefinger. Mose und Johannes stehen in der lutherischen Bildtradition für

Die zentrale Hoffnung vor Augen – Gedanken von Jens Möllmann zum Altarbild in der Kreuzkirche zu Sandkrug

die beiden Arten, wie Gott uns anspricht. Im Gesetz, von Mose repräsentiert, spricht Gott zu uns als der mit heiligem Ernst uns Fordernde, dem wir nie gerecht werden können. Luther drückt das in seinem Choral „Aus tiefer Not schrei ich zu dir" (Evangelisches Gesangbuch Nr. 299) so aus: „... es ist doch unser Tun umsonst, auch in dem besten Leben". Im Evangelium, dafür steht Johannes, offenbart sich Gott als der, der uns im Christusgeschehen Erlösung schenkt, an der wir nur glaubend Anteil gewinnen können. Johannes lenkt mit seinem Zeigefinger unseren Blick auf die mittlere Tafel, auf eben dieses Christusgeschehen: „Dieser ist's ..." (Joh 1, 30).

Hinter dem Taufbecken sieht der Betrachter auf der linken Tafel, wie ein Engel sich einem Menschen zuwendet. Es könnte der Engel sein, der am Grab die Auferstehung Jesu verkündigt und Furcht mit seiner Erscheinung und seiner Botschaft auslöst. Das Bild lässt aber auch an die Begegnung Mariens mit dem

Himmelfahrt | Ausschnitt rechter Bildteil

Engel und an weitere ähnliche biblische Engelgeschichten denken. Verweilen wir bei der Variante mit Maria: Maria hockt da, erschrocken ob des Engels Erscheinen und der damit verbundenen Botschaft. In Maria begegnen wir dem Vorbild des in aller Unsicherheit und Erschütterung doch Gott vertrauenden Menschen: „Siehe, ich bin des Herrn Magd; mir geschehe, wie du gesagt hast" (Lk 1,26ff.).

Der Engel dominiert dieses Bild. Engel begegnen in der Bibel immer wieder als Boten Gottes, die die Verbindung herstellen zwischen Himmel und Erde - man denke etwa an die eindrückliche Erzählung von Jakob und der Himmelsleiter: „Und ihm träumte, und siehe, eine Leiter stand auf Erden, die rührte mit der Spitze an den Himmel, und siehe, die Engel Gottes stiegen daran auf und nieder" (Gen 28, 12). Im Psalm 91 ist vom Schutzengel die Rede: „Denn er hat seinen Engeln befohlen, dass sie dich behüten auf allen deinen Wegen, dass sie dich auf den Händen tragen

Die zentrale Hoffnung vor Augen – Gedanken von Jens Möllmann zum Altarbild in der Kreuzkirche zu Sandkrug

und du deinen Fuß nicht an einen Stein stößt" (Ps 91, 11f.). Als „dienstbare Geister, ausgesandt zum Dienst um derer willen, die das Heil erben sollen" (Hebr 1, 13) werden sie im Neuen Testament an einer Stelle beschrieben.

Engel sind darüber hinaus Teil unserer religiösen Gegenwartskultur - auch und gerade am Rande und außerhalb der Kirchen. Der Buch- und Schallplattenversand „2001" landete 1991 einen Bestseller: „Engel. Eine bedrohte Art" von Malcolm Godwin. Nach außen hin vermeintlich religiös unmusikalische Zeitgenossen platzieren heute auf ihren Schreibtischen kleine Engelfiguren aus Bronze. Und der Benediktinermönch und Autor moderner Erbauungsliteratur Pater Anselm Grün bietet „50 Engel für das Jahr" - ein ebenfalls stark nachgefragtes Buch. Engel sind „in". Bezeichnenderweise steht heute über vielen Todesanzeigen ein Wort Dietrich Bonhoeffers: „Von guten Mächten wunderbar geborgen, erwarten wir getrost, was kommen mag" (vgl. Evangelisches Gesangbuch Nr. 65). Das Gedicht spielt auf die Engel an.

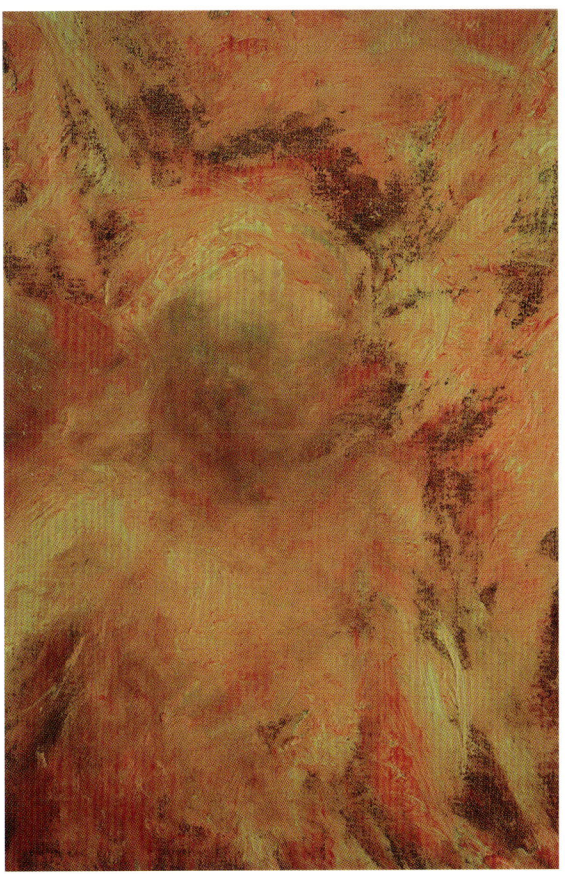

Himmelfahrt | Ausschnitt linker Bildteil

Die Sandkruger haben in ihrer Kirche nun einen Engel, der Maria und in ihr allen Menschen das große Gottesgeschenk verkündigt, das sich in der Taufe mit dem Leben des Einzelnen verbindet und im Glauben ein Leben lang dankbar betrachtet und angenommen werden will. Dieser Engel mag für nicht wenige auch die „gute Macht" repräsentieren, in der sie sich „wunderbar geborgen" wissen dürfen.

Johannes wie der Engel weisen auf das Christusgeschehen, auf die mittlere Tafel, das Zentrum. Das Kreuz steht klein, aber nicht zu übersehen auf dem Altartisch. Gewaltig und alles überstrahlend dieses Zentrum, die Himmelfahrt, die Auferstehung. Der auferstandene Jesus, von Engeln umgeben, wird aufgenommen in den Himmel, in das göttliche Licht, in das Leben, das Gott selbst lebt. „...der Sinn jeder

Die zentrale Hoffnung vor Augen – Gedanken von Jens Möllmann zum Altarbild in der Kreuzkirche zu Sandrug

Ikone besteht darin, die Auferstehungshoffnung und den Gnadenzustand des Menschen auszudrücken"; diese Worte des Metropoliten seien noch einmal zitiert. Denn gerade die mittlere Tafel des Triptychons hat in diesem Sinne etwas Ikonenhaftes.

Sehe ich doch nicht nur die künstlerische Darstellung einer biblischen Glaubensaussage, ich sehe - mit dem Apostel Paulus gesprochen - „den Erstgeborenen unter vielen Brüdern" (Röm 8, 29), und damit erahne ich etwas vom Ziel und vom Sinn meines Lebens, von der Vollendung meines Lebens hinter meinem Kreuz in der lichten Gegenwart Gottes. Der Auferstandene streckt mir seine rechte Hand entgegen, um mich mitzunehmen zur Erfüllung meines Lebens. Man möchte an Paul Gerhardt und seinen Osterchoral „Auf, auf, mein Herz mit Freuden" denken:

„Ich hang und bleib auch hangen / An Christo als ein Glied; / Wo mein Haupt durch ist gangen, / da

Himmelfahrt | Ausschnitt mittlerer Bildteil

nimmt er mich auch mit" (Paul Gerhardt, Geistliche Lieder, Stuttgart 1991, S. 102).

Diese zentrale Hoffnung des christlichen Glaubens darf ich in dieser Kirche dank der Bilder Michael Ramsauers immer neu vor Augen haben - Anregung und Stärkung für alle, die hier betrachten, beten und Gottesdienst feiern.

Malerei unter den Bedingungen irdischen Lebens
Das Triptychon für die Kreuzkirche in Sandkrug von Michael Ramsauer | Daniel Spanke

In der Geschichte der Altarbilder hat sich das Triptychon, das Dreitafelbild, früh entwickelt. Eine ursprüngliche Form der dem Altar zugeordneten Bilder waren die Antependien, dem Altar vorgesetzte Tafeln, oft eher der Schatzkunst zugehörig in Relieftechnik aus Edelmetall, aber auch als gemalte Tafeln. Im Laufe der Geschichte wanderten sie auf den Altartisch und entwickelten sich zu großartigen, komplexen Gebilden, die das Geschehen am Altar verdeutlichen sollten. Es entstand zudem gleichsam eine Dramaturgie des Verhüllens und Enthüllens. Alltags-, Sonntags- und Festtagsseiten wurden durch auf- und zuklappbare Tafelteile voneinander unterschieden; mehrflügelige „Wandelaltäre" entstanden. Zeigen sie Christus, beziehen sie sich unmittelbar auf seine Anwesenheit im eucharistischen Brot, zeigen sie Heilige, verdeutlichen sie die im Glaubensbekenntnis bekannte „communio sanctorum", die „Gemeinschaft der Heiligen": die Teilnahme der zwar gestorbenen, aber schon jetzt Gottes Herrlichkeit schauenden, in Christus vollendeten Menschen an der Liturgie des Gottesvolkes. Insofern ist die Bezeichnung „Altar" für ein solches Bild nicht ganz präzise. „Altar" wird ausschließlich der „Tisch des Herrn" genannt. Das Altarbild oder Retabel ist vielmehr gleichsam nur ein Instrument, um die nicht sichtbare Dimension des Abendmahlsgeschehens zu vergegenwärtigen. Dabei geht es nach traditionell katholischem und orthodoxem Verständnis durchaus um eine Vergegenwärtigung im wörtlichen Sinne. Im Bild ist die dargestellte Person tatsächlich gegenwärtig, kann getroffen werden, da nicht die künstlerisch jeweilige Ausführung wichtig ist, sondern man durch ikonografische Zeichen die Identität der gemeinten Person glaubt garantieren zu können. Das Bild ist eine Eigenschaft der Person selbst, es gehört ihr persönlich zu. Man könnte dieses Bildverständnis vergleichen mit der Art, wie wir die Fotografie eines geliebten Menschen anschauen: Wir betrachten darin ebenfalls nicht so sehr das Werk des aufnehmenden Fotografen als vielmehr die abgebildete Person selbst und fühlen uns ihr nahe.

Die aus der Reformation hervorgegangenen Kirchen haben dieses Bildverständnis entscheidend mit verändert. Während der von Johannes Calvin und Ulrich Zwingli geprägte reformierte Zweig des Protestantismus das Bild in der Kirche grundsätzlich als Rückfall ins Heidentum betrachtete und es dort deshalb zu gänzlich bildlosen Kirchenräumen kam, hatte Martin Luther diesbezüglich eine differenziertere Haltung. Er vertrat die Auffassung, dass auch die negative Aufladung des Kultbildes als Götzenbild diesem ebenfalls zu viel falsche Aufmerksamkeit schenke. Die Bilder seinen weder gut noch böse, man kann sie haben oder auch nicht haben, sie seien „Adiaphora", Mitteldinge, die von sich aus ethisch neutral sind und erst durch den Gebrauch, den die Menschen davon machen, bestimmt werden. Bilder seien deshalb sakral nicht notwendig, sondern frei.

Malerei unter den Bedingungen irdischen Lebens | Daniel Spanke

In vielen lutherischen Kirchen haben sich deshalb die Hochaltarretabel erhalten, das heißt vor allem die Retabel am Hauptaltar, während die in vielen katholischen Kirchen vorhandenen Nebenaltäre entfernt wurden. Manche von den weggeräumten und künstlerisch wertvollen Ausstattungsstücken wurden sogar aufbewahrt, der Weg sakraler Bilder in die entstehenden Aufbewahrungsstätten für Kunstwerke, die Sammlungen und Museen, wurde geebnet.

Damit hatte sich die Betrachtungsweise von Bildern grundlegend geändert. Vor die Vermittlung von Glaubensinhalten und christlicher Heilshoffnung schiebt sich das Gemachtsein des Bildes, seine künstlerische Ausführung, in den Vordergrund der Aufmerksamkeit. Ein Bild wird nicht mehr so sehr geschätzt und verehrt, weil es diese und jene religiöse Dimension besitzt, sondern weil es von einem hochberühmten Maler in einzigartiger Weise geschaffen worden ist. Statt der Geschichten von heiligen Bildern und der in ihnen sichtbaren Personen wird Kunstgeschichte erzählt, die Geschichte von Künstlern und ihrer von ihnen ins Werk gesetzten Kunst.

In der Tat gestaltete sich die Beziehung zwischen Kirche und Kunstwerk, dem zum geistigen Eigentum eines Künstlers gewordenen Bild, schwieriger. Künstler verstanden ihre Werke zunehmend als weniger der Theologie dienend als vielmehr ganz eigene Welten menschlichen Geistes aufschließend, die ohne ihre Kunstwerke nicht zugänglich wären. Durch die Kunst erschlossene geistige Welten sind jedoch nicht unbedingt theologiefähig. Die Kirche geht nach wie vor davon aus, dass wir von einer menschlich nicht deutlich vor Augen liegenden geistlichen Welt durch göttliche Offenbarung und die Gnade des Glaubens erfahren. Davon können Bilder Zeugnis ablegen. Der Künstler sucht jedoch aus seiner künstlerischen Tätigkeit heraus selbst das Unbekannte; „Das Unbekannte in der Kunst", so hat der Künstler Willi Baumeister sein grundlegendes Buch zum künstlerischen Schaffen genannt. Kunst sei demnach ein Organ noch unbekannter und unerwarteter Wirklichkeit. Mit einem solchen sensus artificialis, einem künstlerischen Sinn, hat sich die Theologie nicht nur nicht beschäftigt, sie musste in ihm geradezu ein individualistisches Neben- und Gegenkonzept zu ihrer Theologie der Offenbarung sehen: Die Kunst wurde der Theologie verdächtig.

Schon in der Renaissance und erst recht im Manierismus wurde Kunst theologisch schwierig und kontrollbedürftig: Michelangelos Weltgerichtsfresko in der Sixtinischen Kapelle überlebte nur durch den Kompromiss der Übermalung der Geschlechtsteile seiner antikischen Heldengestalten. Zur Zeit des Barock gelang es der Kirche, vor allem der katholischen Kirche, im Zuge der Gegenreformation noch einmal, die Kunst auf dem damals höchsten Niveau der Medientechniken für ihre eigenen Aussagen, die

Malerei unter den Bedingungen irdischen Lebens | Daniel Spanke

vor der Verwirklichung durch Werke getroffen wurden, einzusetzen. Es entstand eine Überwältigungsästhetik, die den Betrachter im Kirchenraum in die plötzlich einbrechende himmlische Wirklichkeit versetzte. In der frühen Moderne, Ende des 18. Jahrhunderts, zerbrach der barocke Kosmos, der letzte Einheitsstil der europäischen Kulturgeschichte. Kunst und Kirche gingen weitestgehend getrennte Wege. Die Kirchen wurden vielfach zu Orten, in die oft Werke spezieller Kirchenkünstler einzogen, die Strömungen der jeweils zeitgenössischen Kunst verspätet, verharmlost und rein dekorativ aufnehmen. Im Zentrum des Kunstbetriebs außerhalb der Kirchen, in den Galerien, Museen, Kunstvereinen und Kunstmessen spielen diese Werke zumeist keinerlei Rolle.

Es gab immer wieder Versuche, Künstler, die bereits im Kunstbetrieb anerkannt und geschätzt werden, mit Werken für Kirchen zu beauftragen: So schuf etwa Henri Matisse von 1948 bis 1951 für die Chapelle du Rosaire der Domikanerinnen von Vence Farbfenster, Wandmalereien auf Keramik und weitere Ausstattungsstücke. Auch hier ist der Wandel der sakralen Bilder zu Kunstwerken spürbar: Der kunstbeflissene Tourist besucht vor allem Werke der Weltkunst des berühmten Meisters. Deshalb wird auch diese Kapelle, theologisch nicht unproblematisch, immer wieder auch offiziell „Chapelle Matisse" genannt. In jüngster Zeit kam es verstärkt zu einer Annäherung der Kirchen an zeitgenössische Künstler. So wurden in den letzten Jahren etwa spektakuläre Kirchenfenster von Gerhard Richter (Kölner Dom), Markus Lüpertz (St. Andreas, Köln), Neo Rauch (Naumburger Dom) oder Sigmar Polke (Großmünster Zürich) gestaltet, Künstler, die sich international in der Kunstszene einen Namen gemacht haben und deren Beteiligung an einem Ausstattungsprogramm für eine Kirche jeweils erstmalig und eher ungewöhnlich ist. Eine besondere Affinität zur Kirche vermutet man im Werk dieser Künstler nicht.

Doch scheint es allenthalben eine neue „Neugier" auf Kirche und Religiosität zu geben. „Neue Spiritualität" und „neues Interesse an Religion und Religionen" sind Stichwörter, die viele öffentlich geführte Diskussionen prägen. Diese „Renaissance der Religion" macht sich in der Popkultur ebenso bemerkbar wie eben auch in der bildenden Kunst. Es gibt ein neu erwachtes gegenseitiges Interesse von Kunst und Kirche, das sich auch von Seiten der Kirche manifestiert, wenn etwa der Vatikan ankündigt, auf der Biennale von Venedig im Jahre 2009 mit einem eigenen Länderpavillion vertreten sein zu wollen. Zeitgenössisch im Sinne eines „religious turn" wäre es also deshalb, einen Auftrag für die Kirche nicht nur als Vorwand für eine ganz freie künstlerische Gestaltung zu sehen, die so auch ohne kirchlichen Kontext zustande kommen könnte, sondern sich tatsächlich mit den Inhalten christlichen Glaubens auseinander zu setzen.

Malerei unter den Bedingungen irdischen Lebens | Daniel Spanke

Michael Ramsauer erhielt von der Oldenburgischen Kirchenbaustiftung und dem Gemeinderat der evangelischen Kreuzkirche in Sandkrug den Auftrag, im Rahmen einer Sanierung für diese sonst schmucklose Kirche ein „Altarbild" zu schaffen. Es sollte also dezidiert ein Bild im Kontext des Altars sein, das Format war festgelegt auf eine dreiteilige Form; es sollte ein Triptychon sein. Das Thema der Bilder war ganz und gar dem Künstler überlassen. Hätte man sich wirklich vorstellen können, dass Ramsauer für sein Werk ein Thema wie etwa „Landschaft" auswählt? „Landschaft" spielt im Œuvre Ramsauers durchaus eine wichtige Rolle. Ganz zu Beginn des 19. Jahrhunderts wurde Caspar David Friedrichs berühmter „Teschener Altar", ein „Kreuz im Gebirge", als Altarbild gerade wegen dieser Thematik kritisiert. Der Landschaft werde erlaubt, auf die Altäre zu kriechen und

Badende | 2006 | 250 x 200 cm | Öl auf Leinwand

Malerei unter den Bedingungen irdischen Lebens | Daniel Spanke

diese zu profanisieren. Von den führenden Gelehrten wurde die Kritik zurückgewiesen und die „Landschaft" als gleichsam geistfähige Gattung begründet. Was damals kühn und fortschrittlich war, würde jedoch heute am Bedürfnis nach einer deutlich christlichen Position im Konzert der bereits durch Aufklärung und Moderne so vielfach errungenen Möglichkeiten vorbeigehen. Ein anderes zentrales Thema der Malerei Michael Ramsauers ist der Mensch, zumeist nicht personalisiert, oft in mythologischen Zusammenhängen: „Herakles" (2004), „Ganymed" (2005), „Venus" (2005) oder „Hesperiden" (2007), oft aber auch einfach als Handelnde: „Schwimmer" (2004), „Geher" (2004), „Badende" (2006), „Große Pflückerin" (2007). Heidnisch-antike Mythologie wäre als Thema für ein christliches Altarbild zweifellos unangemessen und unverständlich. Diesen Figuren und den Schwimmern, Gehern, Badenden und Pflückern in Ramsauers Bildern ist jedoch gemeinsam, dass sie in ihrer Individualität und konkreten Realität gleich-

Venus

2005 | Öl auf Leinwand | 180 x 150 cm

sam in eine Malerei am Ursprung, am Ursprung der elementaren Gestaltungskraft des mit dem Pinsel aufgetragenen Malstrichs zurückgenommen sind. Mit expressiver Wucht macht Ramsauer die Schöpfungskraft seiner Kunst sichtbar. Und diese vitale Kraft teilt er seinen Menschenbildern mit, indem er sie handeln lässt - schwimmen, gehen, baden oder pflücken. Die ganze Bildfläche lässt der Künstler an dieser elementaren Kraft teilhaben. Ramsauers Gemälde haben eine Tendenz, aus einer einzigen Farbe heraus Differenzierungen in einem Tonspektrum zu machen. Wie ein Urgrund durchdringt die auf einen Grundton gestimmte Farbigkeit Hintergrund und Figur, Welt und Mensch. Folgerichtig gibt es in diesen Bildern keine definierten Grenzen zwischen den Gestalten. Die Malerei ist so offen und locker, dass alles mit allem in einem lebendigen Austausch begriffen ist. Diese Vorstellung eines Austausches alles Gewordenen übersteigt unsere herkömmliche Körpererfahrung, die doch das Abgegrenztsein zum Ausgangspunkt der

Malerei unter den Bedingungen irdischen Lebens | Daniel Spanke

Definition des eigenen Selbst macht, geht aber doch von ihr aus: Auch wir kennen das Gefühl des Verbundenseins mit der Welt, sei es durch die Sinneseindrücke, die das Außen ins Innen des Eigenen vermitteln, sei es durch das numinose Gefühl, Teil eines Größeren und Ganzen zu sein, das die eigene Isoliertheit aufhebt.

In den drei Gemälden zu dem Altarbild für die Kreuzkirche in Sandkrug hat sich Michael Ramsauer zentralen Themen der christlichen Ikonografie zugewendet. Das linke Bild zeigt eine Verkündigung, das mittlere Bild eine Himmelfahrt Christi und das rechte Bild Johannes und Moses. Insofern auch hier Michael Ramsauer die körperliche Abgegrenztheit der Figuren auf die Umgebung hin öffnet und ein einheitlicher, rot-goldoranger Farbgrund alles durchströmt, erscheint diese auftragsmotivierte Zuwendung zu christlichen Motiven nicht als Fremdkörper in seinem Œuvre. Im Gegenteil: Er führt die ikonografisch tradierten Szenen auf diese Weise in eine Allgemeinheit zurück, die jeder mit sich selbst verbinden kann. Mit anderen Worten: Ramsauer öffnet durch seine im Nicht-Festgelegten und Nicht-Abgeschlossenen gehaltene Malerei auch den Betrachter für eine existentielle Grundthematik der einzelnen Bilder, die über ein bloß ikonografisches Programm hinausgeht.

Verkündigung: Eine Gestalt sitzt, die Hände um die Knie geschlungen, auf dem Boden, und ein Engel, gewaltig und mit großen Flügeln, sitzt über ihr auf einem Stein. Er spricht zu ihr, wie der Redegestus der Hand nahelegt. Der Glaube und die bildliche Tradition kennen die Verkündigung an Maria. Der Engel Gabriel tritt zu Maria, um ihr die Botschaft zu bringen, sie werde den Sohn Gottes durch den Heiligen Geist empfangen und Jesus gebären. Maria antwortete: „Ich bin die Magd des Herrn; mir geschehe, wie du gesagt hast" (Lk 1,26–38). Maria wird der Ikonografie nach als Frau mit einem blauen Kleid und einem

Ganymed

2005 | Öl auf Leinwand | 160 x 150 cm

Malerei unter den Bedingungen irdischen Lebens | Daniel Spanke

zumeist roten Mantel dargestellt. Ramsauer jedoch konkretisiert die Farbe des Kleides der Sitzenden und Hörenden nicht. Er verleiht seinen Gegenständen gar keine eigenen Substanzfarben, sondern lässt alles von einem Licht durchstrahlen, das keine spezifische Quelle kennt, sondern von der ganzen Bildfläche kommt. Der Künstler belässt auch das Gesicht und den Körper seiner Gestalten im Unkonkreten. Vielmehr deutet er die Umrisse und Volumina nur an, „umzeichnet" sie gleichsam nur mit einem Gewebe von hellen und dunklen Pinselstrichen. Was beim Engel, von dem wir uns nur eine ungefähre Vorstellung machen können, als Verbildlichung dieses Nicht-Zu-Nahe-Treten-Könnens des eigenen Bildes an das himmlische Geistwesen gelten kann, führt bei Maria dazu, sie weniger als historische Person, die sie war, sondern als Stellvertreter für den Menschen schlechthin zu verstehen. Die dem Engel glaubende Maria wird zum Prototypen für den Gottes Wort hörenden und ihm glaubenden Menschen.

Himmelfahrt | Ausschnitt linker Bildteil (Maria)

Himmelfahrt: Drei Gestalten schweben über einer Landschaft, den Horizont unter sich, den Himmel über sich. Die mittlere ist vom Körperbau als Mann näher bestimmt. Er steht fast senkrecht, seine Füße sind vom Boden gelöst, und seine linke Hand ist erhoben wie zum Segen, aber auch, um die Richtung seines Auffahrens, weiter nach oben, anzuzeigen. Die drei anderen schweben um ihn. Es sind Assistenzfiguren, die das Auffahren des Mannes begleiten. Die Szene ist aus der christlichen Ikonografie gut bekannt. Christi Himmelfahrt beschließt die irdische Geschichte des Gottessohnes, er setzte sich zur Rechten Gottes, von wo er kommen wird zu richten die Lebenden und die Toten" (Mk 16,19, Lk 24,51, Apg 1,9-11). Die gleiche Malweise Ramsauers wie im linken Gemälde verallgemeinert auch hier den Gehalt des Bildes. Es ist Christus, der, von den Toten auferstanden, als Erster zum Vater körperlich und geistig, mit Leib und Seele zurückkehrt. Paulus nennt Christus in diesem Zusammenhang auch „Erstling", der

Malerei unter den Bedingungen irdischen Lebens | Daniel Spanke

uns vorangeht (1. Kor), so dass die Himmelfahrt des Gottessohnes den Gläubigen eine Verheißung an die gesamte Gemeinde, ein Versprechen auf das ewige Leben bei Gott wird.

Johannes und Moses: Die rechte Tafel ist ikonografisch ungewöhnlicher. Zwei Figuren sind dort zu sehen, die linke hat die rechte halb erhoben und weist hinter sich; es ist Johannes, der hinter sich auf den nach ihm kommenden Jesus verweist. Die rechte Figur trägt zwei nach oben hin gerundete Gegenstände, die man als Moses' Gesetzestafeln identifizieren kann. Altes und Neues Testament, die Verkündigung des Gesetzes und die Verkündigung des Erlösers werden durch die beiden Gestalten verkörpert. Diese Verbindung von Johannes und Moses hat in der Region ein Vorbild in der Kanzel des Hamburger Bild-

Himmelfahrt | Ausschnitt mittlerer Bildteil | Zustand

Malerei unter den Bedingungen irdischen Lebens | Daniel Spanke

hauers Ludwig Münstermann (* um 1560; † um 1638) in der Kirche St. Matthäus in Rodenkirchen, die Michael Ramsauer gut kennt. Auch hier steht eine Bedeutung im Vordergrund, die auf den Betrachter, den Kirchenbesucher zielt: Johannes und Moses hatten konkrete Aufträge Gottes in der Welt. Der eine brachte dem Volk Israel die Zehn Gebote und führte sie zum Gelobten Land, das er selber aber nicht betreten durfte, er starb zuvor auf dem Berg Nebo. Auch Johannes ist ein „Hinführer". Er bereitete das Kommen des Gottessohnes vor, kündigt ihn an, ist es aber eben nicht selbst. Den Gläubigen wird im Gottesdienst etwas verheißen, was noch nicht da ist, das kommen wird, von dem gesprochen, auf das gezeigt und das erwartet wird, das aber noch nicht deutlich vor Augen steht.

Auch zum Charakter dieser Vorläufer-Gestalten passt also die offene und Gegenständliches eher andeutende als ausformulierende Malweise Michael Ramsauers hervorragend. Die Bilder Ramsauers stellen also nicht einfach vor, was die Kirche glaubt und erwartet, sondern sie ist deutlich eine Malerei unter der Bedingung des irdischen Lebens, dem, postparadiesisch und präapokalyptisch die direkte Gottesschau entzogen ist. Vom Sehen unter diesen Bedingungen irdischen Lebens sagt der Apostel Paulus im 1. Korintherbrief: „Jetzt schauen wir in einen Spiegel und sehen nur rätselhafte Umrisse, dann aber schauen wir von Angesicht zu Angesicht. Jetzt erkenne ich unvollkommen, dann aber werde ich durch und durch erkennen, so wie auch ich durch und durch erkannt worden bin." (1. Kor. 13,12). So behaupten Michael Ramsauers Bilder keine Realität, die wir ohnehin nicht wissen, sondern nur glauben können. Ihr Realismus ist gerade ihr Tasten nach den Möglichkeiten einer Malerei, die die Hoffnung auf die Wahrheit des christlich Verkündigten zu fassen versucht.

Zum Triptychon gerade auch in der modernen Kunst (mit Literatur zur älteren Kunst) s.
    Kat. Drei. Das Triptychon in der Moderne. Kunstmuseum Stuttgart 2009. Ostfildern 2009.
    Dazu s.
    Daniel Spanke: Porträt – Ikone – Kunst. München 2004.
    Martin Luther: Vierte Predigt am Mittwoch nach Invokavit 1522.
    Ders.: Dritte Predigt am Dienstag nach Invokavit 1522.
    S. dazu Kat. Luther und die Folgen für die Kunst. Hamburger Kunsthalle 1983/84. Daniel Spanke: Bildformular und Bildexemplar. Die „Schöne Maria zu Regensburg" und der Wandel der Identität sakraler Bilder inder Frühen Neuzeit. In: Das Münster, 51, 3/1998, S. 212-221.
Zum Verhältnis von Kirche und Kunst s. z.B.
    Kat. Gott sehen. Risiko und Chancen religiöser Bilder. Kunsthalle Wilhelmshaven 2005/06.
    S. dazu Karl Möseneder: Michelangelos „Jüngstes Gericht". Über die Schwierigkeiten des Disegno und die Freiheit der Kunst. In: Ders. (Hrsg.): Streit um Bilder. Von Byzanaz bis Duchamp. Berlin 1997, S. 95-117.
    S. etwa Kat. Gott sehen (wie Anm. 6).
    Renaissance der Religion. Megatrend oder Modethema? Freiburg i. Br. 2006.
Zum Werk Michael Ramsauer s.
    Kat. Michael Ramsauer. Förderpreis Malerei 2004 der Kulturstiftung der Öffentlichen Versicherungen Oldenburg. Oldenburg 2004; Kat. Michael Ramsauer. Malerei. Galerie Blashofer, Karlsruhe / Galerie Tammen, Berlin. Stuttgart 2006; Kat. Michael Ramsauer. Galerie Tammen/ Galerie Gaulin & Partner, Berlin 2007. Berlin 2007.
    S. z. B. Frank Hilmar: Der Ramdohrstreit. Caspar David Friedrichs „Kreuz im Gebirge". In: Karl Möseneder (Hrsg.): Streit um Bilder. Von Byzanz bis Duchamp. Berlin 1997, S. 141-160.
    Vgl. Achim Sommer: Malerische Blitze. In: Kat. Michael Ramsauer. Förderpreis Malerei 2004 der Kulturstiftung der Öffentlichen Versicherungen Oldenburg. Oldenburg 2004, unpag. [S. 7].
    S. das Interview in diesem Buch.

Skizze | 2008 | Seiten 40 x 26 cm, Mitte 40 x 70 cm | Öl auf Karton

Jenseits der Profanität – Sakralkunst und Gegenwart
Anmerkungen zu Michael Ramsauers Altarbild in der Kreuzkirche Sandkrug von Michael Henneberg

Ein Altarbild für unsere Zeit zu schaffen, ist eine große Herausforderung für einen gegenwärtig arbeitenden Künstler. Nicht nur, dass die Frömmigkeit und auch die Kirchengebundenheit zurückgegangen sind. Es ist auch schwierig, in der Zeit des religiösen Synkretismus eine allgemein verbindliche Form zu finden, die den Kirchenbesucher und den an moderner sakraler Kunst Interessierten anspricht und ihm verständlich ist.

In seiner Malerei hat er früh die menschliche Gestalt in den Mittelpunkt gestellt. Anfangs zeigte er sie bewusst deformiert, verletzt, morbide. Dann begann eine intensive Auseinandersetzung mit der Kunstgeschichte seine Arbeitsweise zu prägen. Sie lässt sich einerseits in seinen Kompositionstechniken und in der Themenwahl mit Neubearbeitungen von Motiven der klassischen Mythologie ablesen. Andererseits ist die künstlerische Auseinandersetzung etwa mit Francis Bacon erkennbar, oder auch das ausgeprägte Interesse an Leonardo da Vinci, den er in hauchfeinen schwarzen Zeichnungen als Ursprung der Moderne interpretiert. Malerischer Kontrapunkt sind dagegen etwa stark pastos ausgeführte Akte, deren fließende Formen an die s-förmig gedrehten Figuren des Manierismus erinnern. Auch die expressive Malerei von Lovis Corinth, die sich von einem spezifisch deutschen Impressionismus herleitete, ist eine wichtige Wurzel der Malerei Michael Ramsauers. Bei Corinth fanden sich religiöse, historische und mythologische Themenkreise, anders als bei den französischen Impressionisten, die als Genre die Landschaft und mitunter auch das Porträt favorisierten. Der malerischen Handschrift Ramsauers kann man trotz des oft vehementen und impulsiven Duktus´ einen impressionistischen Ansatz zuschreiben, gibt er doch der Farbe den klaren Vorrang vor dem Gestus und der Linie.

Mit dem Altarbild in der Sandkruger Kirche hat der Künstler nicht nur souverän die Aufgabe gelöst, eine Arbeit zu schaffen, die religiöse und gottesdienstliche Zwecke erfüllt und Gläubige und Kirchenbesucher zur Besinnung, Meditation, religiösen Betrachtung anregt. Er hat damit auch auf seine Weise formal bildnerische Traditionen reflektiert und eine moderne Auseinandersetzung mit der manieristischen Kunst geschaffen.

Provokation in der Gegenwartskunst

Das Bild ist in der Form des klassischen Triptychons angelegt. In der Regel bestehen diese Werke aus einer Mitteltafel und zwei schmaleren Flügeln, die Leserichtung für den Betrachter geht dabei von links nach rechts. Bis in die unmittelbare Gegenwartskunst ist das dreiteilige Bild vielleicht gerade wegen seines sakralen Ursprunges eine Herausforderung für die Künstler, das sie zur Profanisierung reizt, wie das die Ausstellung „Das Triptychon in der Moderne" in diesem Jahr im Kunstmuseum in Stuttgart zeigt. Auffällig ist dabei, dass der eigentlich sakrale Inhalt bewusst

Jenseits der Profanität – Sakralkunst und Gegenwart – Anmerkungen von Michael Henneberg

Skizze | 2008 | Seiten 40 x 26 cm, Mitte 40 x 70 cm | Öl auf Karton

Jenseits der Profanität – Sakralkunst und Gegenwart – Anmerkungen von Michael Henneberg

gemieden oder lediglich im Titel ironisierend zitiert wird. Das ist von den Künstlern ganz bewusst als Provokation und als Reaktion auf die christlichen Wurzeln der europäischen Kultur begriffen worden, die ihnen häufig als nicht mehr zeitgemäß und oft auch als überflüssig oder gar ablehnenswert erschien.

Ramsauers Triptychon kann man in anderer Hinsicht als Herausforderung sehen: Dass nämlich ein sakrales Kunstwerk eine Provokation in der Gegenwartskunst darstellt, allemal, wenn es sich ikonographischer Traditionen bedient und sich darin eine neue Sehnsucht nach sakralen Inhalten artikuliert. Peter Richter schreibt im Feuilleton der Frankfurter Allgemeinen Zeitung vom 28. Februar 2009 unter dem Titel „Die Monumentalisierung des Tumultarischen" über die besagte Stuttgarter Ausstellung: „Man hat das Triptychon in der Moderne als einen Altar ohne Gott bezeichnet und es als Warburgsche Pathosformel gedeutet. Man könnte sie sogar Pathos-Pumpen nennen: Die Dreiteilung hebt sogar Triviales auf die Ebenen höherer Bedeutsamkeit."

Ramsauer kennt natürlich die Entwicklungen der modernen Kunst. Bei aller Zeitgenossenschaft und Modernität sieht er seine Arbeit fest gegründet in der kunsthistorischen Tradition, er schöpft aus ihr seine Bildideen und bildnerischen Mittel. Wie er sie variiert und malerisch umsetzt, damit strahlt er eine unverwechselbare und überzeugende Zeitgenossenschaft aus. Am Beispiel der manieristischen Tendenzen in seinem Werk lässt sich dies verdeutlichen.

1957 veröffentlichte Gustav René Hocke sein Werk „Die Welt als Labyrinth – Manier und Manie in der europäischen Kunst. Beiträge zur Ikonographie und Formengeschichte der europäischen Kunst von 1520 bis 1650 und der Gegenwart[1]". In einer Zeit der allgemeinen Popularisierung des gegenstandsfreien Informel und noch vor der zweiten documenta 1959, die das Informel zur fast ausschließlichen malerischen Ausdrucksform erhob, schuf Hocke mit seinem Buch nicht nur einen Leitfaden für das Verständnis des Manierismus, sondern auch eine Wegweisung für eine neue gegenständliche Kunst. Es ist sicher nicht zu weit gegriffen, wenn man Spuren der Wirkung dieser Veröffentlichung in der Pop-Art, im Werk von Horst Janssen oder später auch bei den wilden Neoexpressionisten der 70er und 80er Jahre des 20. Jahrhunderts sieht. Hocke sah den Manierismus mit seiner abstrahierenden, die Extremitäten überlängenden Formensprache als Reaktion des sensiblen, gespaltenen, mit sich und der Welt hadernden Menschen auf die Klarheit der Form der Renaissance und der Klassizismen als Kunst der Normalen und Idealisten. Eine Vergegenwärtigung manieristischer Stilformen schien ihm die Antwort auf die Situation des modernen Menschen. Dabei wurde mit den formalen und coloristischen Qualitäten auch wieder der

Jenseits der Profanität – Sakralkunst und Gegenwart – Anmerkungen von Michael Henneberg

Weg für inhaltliche Aussagen in der bildenden Kunst bereitet.

Neuinterpretation des Manierismus
Michael Ramsauer hat sich mit der Kunst des Prager Manierismus am Hofe Kaiser Rudolfs II. intensiv auseinandergesetzt. Der Bildhauer Adrian de Vries (um 1545 -1626) mit seinen serpentinenhaft geschwungenen Formen, der „figura serpentinata", die als Linie der Schönheit und des Lebens die Vollkommenheit symbolisierte, den überlängten Gliedmaßen und den im Verhältnis zum Rumpf kleinen Köpfen bot ihm ebenso formale Anregungen für seine Malerei wie das Werk des ebenfalls in Prag tätigen Malers Bartholomäus Spranger (1546 -1611). Daneben, gewissermaßen als Reaktion auf und letztlich als Resultat des Manierismus, konnten ihn auch die malerische Qualitäten eines Peter Paul Rubens und seiner flämischen Malerkollegen begeistern. Die oft überlängte Form der Figuren in den Bildern und auch in den skulpturalen Arbeiten Ramsauers sowie seine Art der plastischen Behandlung von gemalten Oberflächen verweisen auf die Verschmelzung dieser beiden Anregungen.

Sein schon genanntes Interesse am Werk des Iren Francis Bacon[2] (1909 -1992) mag auch mit dessen deutlicher Affinität zur Malerei des 17. Jahrhunderts zu tun haben: Mehrfach hat dieser das Bildnis Papst Innozenz X. von Diego Velazquez (1599 -1660) malerisch interpretiert und so eine Brücke zwischen der Malerei der Gegenwart und der des Barock geschlagen.

In der ehemaligen Grafschaft Oldenburg hat der rudolfinische Manierismus einen leicht verspäteten Niederschlag durch den Hamburger Bildschnitzer und –hauer Ludwig Münstermann (um 1574 - 1637/38) gefunden. Bis heute gehören seine Altäre und Kanzeln zu den bedeutendsten Kunstwerken des 17. Jahrhunderts im Oldenburger Land und weit darüber hinaus[3]. Nicht ohne Grund blieb es den Expressionisten vorbehalten, kurz nach dem Ersten Weltkrieg die Qualität dieses spätmanieristischen Bildhauers zu erkennen. Die außer Proportion gesetzten Gliedmaßen und Leiber als Merkmale manieristischer Kunst wirkten auf die an klassischen Vorbildern geschulten Betrachter des 18. und 19. Jahrhunderts unverständlich, mitunter sogar abstoßend.

Den Formenschatz des Prager Manierismus, den Ludwig Münstermann im 17. Jahrhundert aufgriff und ins Volkstümliche verwandelte, hat Ramsauer in seinem Sandkruger Altarbild neu interpretiert und zitiert. Im Zentrum steht die lichtumspielte Himmelfahrt Christi: Drei Engel tragen den verklärten Heiland gen Himmel. Die gesamte Szene spielt sich in einem warmen, fast monochromen rot-orange-gelben Farbraum ab, der sich nicht lokalisieren lässt. Eine Horizontlinie definiert einen weiten landschaftlich anmutenden Raum, ohne konkreter zu werden. Die linke

Jenseits der Profanität – Sakralkunst und Gegenwart – Anmerkungen von Michael Henneberg

Tafel zeigt in den gleichen Farbakkorden eine Frau, die in einem nicht näher bestimmten Raum einem Engel begegnet. Es mag die Erscheinung des Engels im leeren Grab Jesu sein, lässt sich aber auch durchaus als Verkündigung der Geburt Jesu an Maria durch den Erzengel Gabriel verstehen. Diese ikonographische Offenheit ist eine bestimmende Absicht des Künstlers. Er bietet dem Betrachter ein Motiv an, das dieser individuell deuten kann.

Die rechte Bildtafel zeigt zwei Männer, von denen der linke mit einem überlangen Finger auf das Geschehen der Mitteltafel, die Himmelfahrt Jesu, zeigt. Es ist Johannes der Täufer, neben dem Propheten Moses stehend, also sind das Neue und das Alte Gesetz, das Neue und Alte Testament, Gesetz und Gnade angesprochen. Hier zitiert Michael Ramsauer die Darstellung des Moses und Johannes des Täufers an der Münstermann-Kanzel der evangelisch-lutherischen Kirche in Rodenkirchen in der Wesermarsch,

Kanzel der Kirche zu Rodenkirche (Ausschnitt)

Ludwig Münstermann

verweist aber auch auf den Johannes des Isenheimer Altars von Matthias Grünewald (1475/1480-1528).

Maria und der Engel und Johannes der Täufer und Moses auf den beiden äußeren Tafeln sind in den Vordergrund gerückt. Sie sind die Zuschauer des ungeheuren Geschehens, das sich in der Mitte ereignet. Und so ist der Dialog zwischen Diesseits und Jenseits das eigentliche Thema des Altarbildes. Die Himmelfahrt Jesu wird so zu einem aus der Geschichte herausgehobenen, immerwährenden Akt, der sich für alle Menschen und zu allen Zeiten ereignet – wie es im Verlauf eines jeden Kirchenjahres immer wieder vergegenwärtigt und gefeiert wird.

Spiralbewegungen zeigen die Lebenslinie
Der Künstler hat diese Symbolik dadurch intensiviert, dass er die Figuren nur in schemenhaften Konturen andeutet. Sie legen den Betrachter nicht auf eine bestimmte Physiognomie fest, sein Blick wird

Jenseits der Profanität – Sakralkunst und Gegenwart – Anmerkungen von Michael Henneberg

nicht durch Präzisierungen gesteuert, sondern kann sich im Gegenteil das Bild auf seine Weise konkretisieren.

Diese Offenheit und Auflösung der Formen ist eine besondere Qualität von Ramsauers Malerei. Sie entspringt nicht einer expressiv-spontanen malerischen Handlung, sondern ist Resultat einer langen Reihe von kalkulierten, vorbereitenden Arbeitsschritten. Ein Vergleich zwischen den in Sepiabrauntönen gehaltenen Ölskizzen und dem Endresultat ist diesbezüglich sehr aufschlussreich: In den Vorarbeiten ist das Gegenständliche, sind die Figuren und der sie umgebende Raum weitaus konkreter ausgeformt. Auch sind die kunsthistorischen Bezüge deutlicher, wobei sich im schwungvollen Duktus schon etwas andeutet, das die neue Form ahnen lässt. Der Grad der Abstraktion wurde beim Malen des Altarbildes immer weiter gesteigert, genau gegenläufig übrigens zur Arbeitsweise der Alten Meister. Hierbei wurde

Sitzender

1997 | Öl auf Karton | 80 x 70 cm

die Form jedoch nicht zerstört, sondern in ihrer Geschlossenheit und Stimmigkeit beibehalten. Im Vergleich zu den vorbereitenden Skizzen ist das Altarbild immaterieller und durch das Schwinden des Konkreten allgemeingültig geworden. In dieser Allgemeingültigkeit liegt der transzendente Kern des Werkes.

Für ein Triptychon gilt - um noch einmal auf die Komposition zu kommen -, dass die Haupttafel das Ergebnis bzw. die Zusammenfassung der beiden Seitentafeln sein soll. Ramsauer hat dies kompositorisch treffend gelöst. Nicht nur, dass rechts der Finger des Johannes auf das Geschehen in der Mitte weist; auch der Duktus, die Pinselführung unterstreicht es. Die Komposition kulminiert im Haupte Christi, in dem sich in einer spiraligen Bewegung, in Kreisen, das Heilsgeschehen sozusagen bildlich erfüllt. Die ewige Lebenslinie der Figura Serpentinata des Manierismus ist hier mit den Mitteln der modernen Malerei auf eine veränderte Weise gegenwärtig.

Jenseits der Profanität – Sakralkunst und Gegenwart – Anmerkungen von Michael Henneberg

Auch jenseits seiner sakralen Aura hat die Bildkomposition eine besondere Wirkung auf den Betrachter, der mit seinen Augen von Abschnitt zu Abschnitt wandert und das Verbindende sucht. Der monochrome Farbklang ist mit Spiritualität aufgeladen. Das Bild mit seiner leuchtenden Farbigkeit aus Rot, Orange und Gelb gleicht einem wärmenden Feuer, seine in Bewegung befindlichen Figuren vermitteln etwas Lebendiges und Unmittelbares, die Umspielung der Hauptszene mit Licht assoziiert Überirdisches. Das Bild ist auch Betrachtern zugänglich, die religiös nicht gebunden sind und die ikonographischen Details nicht deuten können.

Plastische Qualitäten

Auffällig in der Malerei von Michael Ramsauer sind ihre plastischen Qualitäten, die sich durch den pastosen Farbauftrag herstellen. Der Akt des Malens ist für ihn eine fast modellierende Tätigkeit, er schafft etwas Körperliches auf dem Bildträger, so dass sei-

nen Arbeiten immer eine ganz besondere haptische Materialität eigen ist. Konsequent erscheint es, dass er seine malerischen Arbeiten kontinuierlich mit plastischen Arbeiten, überwiegend figürlichen Bronzeskulpturen, begleitet. Oft bringt er - wie als Pendant zu seiner Malerei -, die Oberfläche in Bewegung, reißt sie durch Bearbeitungsspuren auf, so dass ein Spiel mit Licht und Schatten entsteht, das vom Betrachter ein genaues Sehen fordert. Mit diesem Ansatz bewältigt der Künstler souverän nicht nur das kleine Format. Eine Reiterplastik des legendären Oldenburger Regenten Graf Anton Günter (Abbbildung links), die er 2008 für einen Brunnen in Elsfleth schuf, ist ein überzeugender Beleg dafür.

Seine Arbeitsweise, das erläutert Ramsauer auch in dem Interview in dieser Dokumentation sehr klar, ist weit entfernt von spontaner Gestik, sondern auf einem genauen malerischen Kalkül aufgebaut. Die vehemente Pinselsetzung, die sich in manchen ande-

Jenseits der Profanität – Sakralkunst und Gegenwart – Anmerkungen von Michael Henneberg

ren Bildern bis zu einem wahren Tumult steigert, geht mit einem Verzicht auf harte, konkrete Linien einher. Alles ist aus der Farbe herausgearbeitet, aus Licht und Schatten. Der Künstler bezieht mit seiner Bildstrategie, wenn man so will, Position gegen die inhaltsfreie Beliebigkeit des Informel, aber auch gegen eine Abstraktion, die sich in einer bloß formalen Reduktion genügt.

Das Sandkruger Altarbild ist die Summe der künstlerischen Entwicklung Ramsauers in den vergangenen sechs Jahren. Es steht ohne Zweifel, auch wenn der Künstler es nicht in eigener religiöser Absicht geschaffen hat, in der Reihe der modernen Sakralkunst, die mit der Wiener Moderne und der Beuroner Schule im deutschsprachigen Raum am Anfang des 20. Jahrhunderts ihre ersten Höhepunkte erlebte. Durch die Weise, wie Expressionismus und Neue Sachlichkeit das Leiden des Menschen thematisierten, gewann sie nach dem Ersten Weltkrieg große Aktualität. In den 1950er Jahren schließlich fand sie durch die zahlreichen, nicht immer qualitätvollen Kirchenneubauten einen vorläufigen Abschluss. Ramsauers Gemälde ist ein bemerkenswerter zeitgenössischer Beitrag zur Kunst im sakralen Raum, dem über unsere Region hinaus Beachtung zu wünschen ist.

[1] Gustav René Hocke: Welt als Labyrinth – Manier und Manie der europäischen Kunst. Beiträge zur Ikonographie und Formengeschichte der europäischen Kunst von 1520 bis 1650 und der Gegenwart. Hamburg 1957.

[2] Vgl. Luigi Ficacci: Francis Bacon. Köln 2003.

[3] Vgl. Holger Reimers: Ludwig Münstermann zwischen protestantischer Askese und gegenreformatorischer Sinnlichkeit. Marburg 1993.

Bildtafel

Himmelfahrt

2008 | Öl auf Leinwand

Seiten 245 x 165 cm, Mitte 245 x 450 cm

„Die Tradition dient mir als Vergewisserung"
Michael Ramsauer im Gespräch mit Irmtraud Rippel-Manß

Ein Auftrag für ein Altargemälde ist ja etwas reichlich Außergewöhnliches. Du warst ganz frei in der Wahl des Themas, es gab, außer dem Format, keine Vorgaben zu berücksichtigen. Wie hat sich die Entscheidung für die konkreten Bildmotive entwickelt?

Ich kenne tausende von Bildern, ich habe da nicht gezielt Bücher gewälzt, sondern ich hatte ziemlich schnell ein Bild im Kopf. Und zwar sollte es eine Himmelfahrts-Szene sein. Mir schwebte eine Figur im Gegenlicht vor, die von einer Korona, von Licht, umgeben wird. Nach dieser ersten Idee habe ich mich einfach auf die kunstgeschichtliche Tradition verlassen. Da sind Aussagen entwickelt worden, die für mich stimmig sind, an die man sich anlehnen kann. Und es sind auch die Bilder, die jeder im Kopf hat. Für mich war es interessant, das gesamte Bild monochrom anzulegen und vom Licht her zu lösen und dann das Ganze in einem offenen Duktus anzulegen.

Das klingt einfach. Die vorgegebene Bildfläche ist ja enorm, und das Bild hat im Kirchenraum eine absolut dominante Rolle.

Ja, natürlich, es gab in erster Linie formale Probleme, die ich zu lösen hatte. Es geht zum Beispiel um ein extremes Querformat. Das bedeutet, dass unten der Altar steht, der die Sicht einschränkt, und ich die Komposition ganz oben anlegen musste. Ich wusste, ich brauche drei Engel, ich brauche eine Figur, die nach oben strebt - das war auf dieser Fläche zu arrangieren. Und dann gab es noch eine kompositorische Frage: Wie lege ich einen Figurenwirbel so an, dass die Figuren nach oben gezogen werden?

Welche Rolle spielten die Überlegungen, ob und wie ein Bild im Kirchenraum die Besucher, die Gottesdienstbesucher, zu religiösen Reflexionen anregen kann?

Das spielt eine große Rolle. Ich möchte im Prinzip den Menschen anbieten, dass sie sich in so ein Bild hineinträumen. Ich will niemanden attackieren oder überfordern. Ich kann mir vorstellen, wie man sich fühlt, wenn man zum Beispiel einen Nahestehenden verloren hat und bei einer Trauerfeier in der Kirche sitzt. Meine Bilder sollen sich hier zurücknehmen und nicht belehren oder provozieren. Es war mir deshalb wichtig, etwas zu schaffen, mit dem man sich lange auseinandersetzen kann und möchte.

Der zentrale Punkt ist ja, was man in einer Meditation erlebt, was passiert, wenn das Bild nach einer gewissen Zeit anfängt, mit einem zu kommunizieren, wenn man Details und Feinheiten entdeckt, so dass es immer stärker und präsenter wird.

Das wäre dann ein Zusammenkommen oder ein Ineinanderübergehen von ästhetischer Reflexion und religiöser Reflexion. Wenn ich als Betrachter merke,

„Die Tradition dient mir als Vergewisserung" – Michael Ramsauer im Gespräch mit Irmtraud Rippel-Manß

das Bild sagt mir etwas, es ist dialogisch, es gibt mir auch Antworten, ist das vielleicht nur ein kleiner Schritt zum Religiösen?

Ich baue eine Projektionsfläche auf. Es geht mir um das Spirituelle, mit dem man ein Bild aufladen kann. Deshalb war es ja auch wichtig, dass das Altabild ein substantielles Thema hat, ein existentielles Thema. Das heißt, etwas ganz Klares, Einfaches, wie zum Beispiel die Auferstehung – sie ist der Schlüssel zum Neuen Testament. Deshalb war klar, dass es nicht darum gehen konnte, irgendeine Bibelstelle zu illustrieren.

Vielleicht kann man mein Prinzip mit dem Motiv der linken Tafel gut erklären. Sie zeigt die Verkündigung, aber sehr allgemein gefasst. Also nicht genau das „noli me tangere" oder die Verkündigung Mariens aus der Bibel. Ich habe versucht, das Motiv sehr weit zu fassen.

Die Darstellung ist ja auf fast provozierende Weise salopp. Maria sitzt auf der Erde und hat die Arme um die Knie geschlungen.

Das ist einfach ein Mensch, der auf dem Boden sitzt, sozusagen eine Versinnbildlichung einer Kommunikation zwischen Diesseits und Jenseits…

… so dass es eigentlich jeder von uns sein kann. Das ist beim Motiv auf der rechten Tafel anders. Das rechte Bild zeigt Moses mit den Gesetzestafeln und Johannes als Gegenüberstellung des Alten und des Neuen Testamentes. Wie weit kann man bei den Gläubigen in der Kirche heute noch davon ausgehen, dass sie diese Bildersymbolik kennen und lesen können?

Diese Bildsprache ist entwickelt worden, um den Laien, den Analphabeten, die Schrift zu erklären. Ich denke, da ist einiges Wissen vorhanden. Für mich als Künstler ist sie eine Möglichkeit, die Figuren identifizierbar zu machen.

Die Szene überhaupt fand ich schön als Versinnbildlichung des Alten und des Neuen Testaments. Das ist einfach die Botschaft des Neuen Testaments, der Erlösung und der Vergebung der Sünden. Das war als Thema existentiell genug. Ich wollte, wie schon gesagt, etwas Einfaches, Klares machen.

Wer die Kunstgeschichte der Region kennt, findet in deinem Altarbild – in der Gegenüberstellung von Moses mit den Gesetzestafeln und Johannes, der auf das Lamm Gottes und die Vergebung der Sünden verweist – einen Bezug zu Ludwig Münstermann, der damit die Kirchenkanzel in Rodenkirchen gestaltet hat. War dir dieser regionale Bezug wichtig?

Mein persönlicher Bezug ist, dass mein Urgroßvater 38 Jahre lang in Rodenkirchen Pastor war und

Himmelfahrt | linker Bildteil | Zustand

„Die Tradition dient mir als Vergewisserung" – Michael Ramsauer im Gespräch mit Irmtraud Rippel-Manß

mein Großvater dort noch groß geworden ist. Es ist eine schöne Fügung, dass diese Kirche eines der Hauptwerke Münstermanns besitzt. Das Motiv an der Kanzel ist - wie der ganze Altar - kompositorisch und auch in der Auffassung manieristisch. Dieser Bezug hat mir Spaß gemacht, weil ich immer schon beim Manierismus ansetze. Der Manierismus ist sozusagen die Wiege der Moderne. Mich hat es immer gereizt, mit der Formauffassung und den Kompositionsideen dieser Bildwelten zu arbeiten.

Würdest du sagen, deine Bilder erzählen etwas?

Nein, sie sollen nichts erzählen. Bei Johannes und Moses auf der rechten Seite des Altars interessieren mich die Gesichter. Was für eine Faszination strahlt die Unschärfe aus, die ich eingebracht habe, wie lese ich das, welchen Ausdruck haben die Gesichter, wie steht die Figur da, welche Haltung hat sie, ist sie aggressiv? Da geht es um rein technische, kompositorische Fragen: Hat das Bild eine Spannung, warum habe ich den Kopf wieder nach oben gesetzt und so weiter.

Die gesamte Malerei war also ein höchst kopfgesteuerter Vorgang.

Ja, natürlich. Es gibt eine Vorzeichnung, es gibt farbige Skizzen, und es gibt das endgültige Bild. Das heißt, es ist ein ganz logischer, klarer Prozess.

Könnte es sein, dass es abstrakte Malerei zurzeit einfacher hat, ein meditatives Betrachten auszulösen? Es hat ja sicher seinen Grund, dass in den vergangenen Jahren beim Thema Kunst und Kirche die abstrakte, nicht figurative Kunst eine sehr dominante Rolle gespielt hat.

Da muss ich weiter ausholen. Ich glaube daran, dass Malerei eine Art Sprache ist, mit der man kommunizieren kann, auf einer unbewussten Ebene. Was da passiert, kann man nicht in Worten ausdrücken. Es ist etwas, das nur spürbar oder fühlbar ist. Man kann dabei die Gefühlswelt darlegen. Und weil ich das so genau spüre, spielt es für mich keine so große Rolle, mit Symbolik, mit lyrischer Malerei zu arbeiten, mit der Natur zu arbeiten. Es geht mir nicht um das Was, sondern um das Wie. Man kann das vielleicht am besten mit der Arbeit eines Musikers vergleichen. Der versucht ja im Prinzip auch, was er im Inneren hört, auszufeilen, bis es stimmig ist, bis es seine Melodie ist, die er im Inneren hört. Er hört sie zuerst im Kopf - trotzdem ist es eine Findung. Darum geht es, dass dieser Klang im Unterbewussten eine große Rolle spielt. Warum hört man auf einmal auf? Warum sage ich, das Bild ist fertig? Weil mein Unterbewusstsein mir sagt: Das ist es.

Aber beim Thema abstrakte Kunst sollte man auch sagen, dass eigentlich zu wenig diskutiert wird,

Himmelfahrt | rechter Bildteil | Zustand

"Die Tradition dient mir als Vergewisserung" – Michael Ramsauer im Gespräch mit Irmtraud Rippel-Manß

wie sehr manche Arbeiten dem Zeitgeist unterliegen. Der abstrakten Kunst wurde ja unsinniger Weise eine Art Allgemeingültigkeit zugesprochen, und jeder, der figürlich malte, wurde belächelt. Ich selbst versuche das, was ich mache, längerfristig anzulegen. Deshalb ist mir auch mein klassischer Ansatz wichtig. Ich probiere einfach, mich zu öffnen und mich auch von der Tradition beeinflussen zu lassen.

Wenn ich als Betrachter einer dargestellten Figur gegenüberstehe, sehe ich mich immer gespiegelt und ich kann doch gar nicht anders, als mich ganz konkret zu verhalten, sei die Darstellung positiv oder negativ.

Bei meiner Malerei denke ich, das habe ich schon gesagt, nicht an den Betrachter und daran, wie er auf meine Figuren reagiert. Es geht mir bei meiner Malerei immer um mich selbst. Eigentlich fängt da der ganze Prozess wieder an. Wenn ich gesagt habe, die abstrakte Malerei funktioniert, heißt das, sie ist eine Projektionsfläche. Was ich in meiner Malerei mache ist, dass ich die Projektionsfläche konkretisiere. Ich arbeite mit Unschärfe, aber anders als zum Beispiel Gerhard Richter, der ja der „peinture" entkommen will. Das scheinbar Unscharfe ist für mich selbst deutlich und stimmig. Ich male manchmal Gesichter zigmal hintereinander, nur um das zu bekommen, was ich sehen will. Wenn eine Figur für den Betrachter sehr unscharf ist, ist sie für mich vielleicht so präzise geworden wie überhaupt nur denkbar.

Der Gedanke der Unschärfe wird zurzeit ja auf vielen Ebenen diskutiert, auch in der Philosophie. Die Unschärfe lässt Interpretation zu, wenn der Betrachter sich darauf einlässt, dass er als Resonanzkörper seine eigene Gefühlswelt oder seine eigene Emotion in diese Unschärfe hineinprojiziert. Dadurch wird das Bild erst lebendig.

Aus deinen Bildern, aus dem Duktus spricht eine große Dynamik. Entstehen sie schnell, aus einem Schwung sozusagen?

Es geht im Prinzip schnell, ja. Aber das nach außen hin Wilde ist sehr berechnet. Das entsteht nicht aus einer Aufgewühltheit, sondern das brauche ich, um die besagte Unschärfe zu erzeugen.

Gibt es die Erfahrung, dass das Bild sich „selbst malt", also sich im Malprozess ganz verselbstständigt?

Doch, früher habe ich das allerdings weniger zugelassen, aber mittlerweile kann ich das zulassen.

Es gibt schwarz-weiße Bilder von dir, die ganz abstrakt wirken. Welche Bedeutung hat die Farbe für dich?

Ich male schwarz-weiß, um einmal etwas anderes zu machen, um auf ein anderes Thema zu kommen.

„Die Tradition dient mir als Vergewisserung" – Michael Ramsauer im Gespräch mit Irmtraud Rippel-Manß

Wenn man sich auf Schwarz konzentriert und auf Weiß, stellt sich die kompositorische Essenz dar. Das sind die Akzente, die ich minimal verwende, einfach übertrieben, verdeutlicht, es ist ein übertriebenes Konstrukt. Ich stelle die Struktur und das Gerüst des Bildes dar. Das funktioniert in Schwarz-Weiß viel deutlicher.

Wäre es denkbar gewesen für dich, ein schwarzweißes Altarbild zu malen?

Nein, das wäre mir zu konkret. Man muss als Betrachter auch gelernt haben, damit umzugehen.

Gibt es nicht auch ganz persönlichen Elemente, die bei deiner Bildgestaltung eine Rolle spielen?

Schwimmer | 2004 | Öl auf Leinwand | 160 x 200 cm

„Die Tradition dient mir als Vergewisserung" – Michael Ramsauer im Gespräch mit Irmtraud Rippel-Manß

Es sind immer eigene Erlebnisse, die man malt, das ist ganz klar. Ich bin zum Beispiel in eine Art Endorphinschock geraten, als ich einmal spätabends auf spiegelglatter Fläche in einem großen See lag und „toter Mann" spielte und den Schwebezustand, das völlige Alleinsein auf der riesigen Wasserfläche erlebte. In dem Moment haben die körpereigenen Drogen einen Zustand geschaffen, der mich sehr beeindruckt hat. Und das gab mir einfach die Idee, dieses Schweben in der Schwimmer-Serie zu malen. Im Prinzip ist ja auch Drogenerfahrung eine spirituelle Erfahrung. Ich fand es jetzt sehr schön, diese Erkenntnis und Erfahrung bei dem Altarbild in so einer Christusfigur verarbeiten zu können. Dass ich das Thema im Prinzip vorher schon in anderen Zusammenhängen durchgearbeitet hatte, war dabei natürlich hilfreich.

Zur Serie der „Schwimmer"-Bilder kann man ja sofort Deutungen auflegen: Der Mensch, der getrieben ist, der gehalten wird, der sich alleine im Spiel der Elemente bewegt. Und schon sind wir dann bei der Frage nach dem Menschenbild, das sich aus solchen Bildern ableitet, oder nach deinem Menschenbild überhaupt.

Ich will es einmal so sagen: Ich habe ziemlich lange gebraucht, um meinen Frieden mit der Welt zu machen. Ich rede aber nur von meinem Leben, und das spielt keine Rolle. In einem Bild von mir kann jeder sehen, was es für ihn ausmacht. Wenn du hundert Leute hast, wird es hundert Interpretationen geben.

Ich male so, und das ist jetzt keine Koketterie, dass es ein gutes Bild wird. Oder dass ich glaube, dass es ein gutes Bild wird. Wenn andere meinen, dass da noch viel mehr drin steckt, dann heißt das für mich einfach nur, dass das Bild funktioniert. Ein gelungenes Bild ist für mich ein Kick oder, je nachdem, eine Therapie.

Kann es sein, dass sich dein Blick ändert und du in drei Jahren ein Bild doch noch nicht fertig findest?

Es gibt Phasen, da finde ich Bilder, die fünf Jahre alt sind, ganz furchtbar. Und andere, da finde ich sie wieder großartig.

Gehst du an alte Bilder noch einmal ran und überarbeitest sie?

Nein, die werden dann ganz zerstört, die werden ganz übermalt.

In deiner Malerei und auch in deinen Skulpturen gibt es Themen, die immer wiederkommen, die du immer wieder in Variationen auflegst. Das sind zum Beispiel Paare in der Landschaft, Badende, Schwimmer. Was interessiert dich an diesen Themen so, dass du sie sozusagen immer wieder durchdeklinierst.

„Die Tradition dient mir als Vergewisserung" – Michael Ramsauer im Gespräch mit Irmtraud Rippel-Manß

Das ist ganz klar, das ist das Formale.

Also der Möglichkeit nachgehen, dass man eine Bildidee auf ganz verschiedene Weise realisieren kann?

Eigentlich geht es mir immer nur um ein einziges Bild. Das ist ein ganz wichtiger Punkt. Über Picasso wird erzählt, dass er immer am Ende des Tages das Bild, das er an diesem Tag gemalt hat, kopieren ließ, damit er so an einer Weggabelung beide Wege gehen konnte. Das ist das Prinzip, weshalb man in Serie arbeitet. Der Malprozess selbst produziert immer wieder neue Ideen, wie ich dieses Bild im Prinzip anders gestalten könnte. Das speichere ich ab. Und wenn das eine Bild fertig ist, fange ich sofort das nächste an, weil ich diese Idee genauso verwirklicht sehen möchte. Dann wiederum passiert das gleiche noch-

Kobig mit Engel | 2008l | Öl auf Leinwand | 140 x 160 cm

„Die Tradition dient mir als Vergewisserung" – Michael Ramsauer im Gespräch mit Irmtraud Rippel-Manß

mal. Deswegen gibt es dann Variationen. Deswegen auch die Variation vom Schwimmer. Du kommst auf die Idee, die Figuren anders zu setzen und nochmal anders, und du probierst es aus. Aber eigentlich malst du immer nur ein Bild.

Gibt es, trotzdem noch einmal gefragt, Themen, die dir inhaltlich grundsätzlich wichtig sind? Es gibt gerade in den jüngsten Arbeiten den Bezug zur aktuellen Gegenwart mit Straßenszenen und Großstadtkulissen.

Ja, es ist neu, dass ich zulasse, dass meine Gegenwart erkennbar wird. Ich male jetzt auch Straßenszenen, und ich male sogar Autos – das finde ich für mich jetzt aufregend. Ich finde es für mich spannend, alleine vom Aspekt Licht her, Kunstlicht in der Stadt, wie Reklame wirkt, was sie für eine Atmosphäre hat, was für ein Stadtbild sie macht – das interessiert mich momentan. Was ich mag, sind dann auch meta-

Engel | 2003 | Monotypie | 24 x 19 cm

physische Ansätze, die Figur in der Enge der Stadt zum Beispiel. Das ist auch bei dem Altarbild so. Dabei verlasse ich allerdings den Bildraum nicht, der bleibt immer relativ stimmig. Ich arbeite nicht damit, dass ich verschiedene Ebenen einbaue, Schriftzeichen, Piktogramme oder irgendwelche Symbole.

In deinem Werk tauchen schon vor dem Altarbild Engel auf. Es gibt zum Beispiel eine kleinformatige Monotypie mit einem fast abstrakt aufgelösten figurativ gefassten Engel, der übermächtig, bedrohlich auf den Betrachter zukommt. Auch auf den besagten Stadtkulissen könnte man die geflügelten Figuren, die da über den irdischen Straßenszenen schweben, für Engelswesen halten. So interpretieren das ja offenbar etliche Betrachter. Es scheinen mir allerdings nicht gerade positive, Vertrauen erweckende Wesen zu sein.

Es gibt gütige und es gibt schreckliche Engel, gefallene Engel, Todesengel. Wenn ich male, lasse ich

"Die Tradition dient mir als Vergewisserung" – Michael Ramsauer im Gespräch mit Irmtraud Rippel-Manß

offen, ob das ein gefallener Engel oder ein guter Engel ist.

Du machst mit den Engeln oder allgemeiner mit den metaphysischen Wesen inhaltliche Anspielungen?

Ein geflügeltes Wesen ist für das Komponieren, für die formale Auseinandersetzung interessant. So gesehen ist es ein Stück weit eine malerische Idee, die kommt, wenn man sich so lange mit Figur beschäftigt Aber für mich ist auch ein bisschen etwas wie Verklärung im Spiel. Ich habe es gerade mit meiner kleinen Tochter erlebt: Wenn Neugeborene so konzentriert an einem vorbeisehen, etwas ansehen, von dem wir nicht wissen, was es ist, dann sagt man ja im Volksmund: Sie sehen ihren Schutzengel an. Ich finde die Vorstellung spannend, dass es Wesen und Welten geben könnte, von denen wir nichts wissen. Das hat mich bei den besagten Bildern auch inhaltlich gereizt. Der

ohne Titel | 1997 | Öl auf Leinwand | 150 x 150 cm

Blick auf ein solches Wesen, kann ja auch wiederum Geheimnisvolles, Mystisches auslösen. Auch deswegen ist eine solche nicht-reale Figur interessant. Eine Schwierigkeit allerdings ist für mich beim Thema Engel der Kitsch, der Engelskitsch, der seit jeher produziert wird. Deswegen hat der Engel auf dem Altarbild zum Beispiel etwas Bedrohliches bekommen: Er ist übermächtig, nicht zu verstehen. Ich habe da immer das alttestamentarische Motiv von Jakob vor Augen, der mit dem Engel ringt. Es macht mir immer bewusst, wie übermächtig der Engel eigentlich zu verstehen ist, auch bei der Verkündigung.

Es gibt offenkundig ein Bedürfnis der Menschen, sich vorzustellen, dass es eine Kraft gibt, eine überirdische, die sich auf ihn bezieht.

Ja, das finde ich faszinierend. Das ist ein wichtiger Punkt. Es gibt dafür einen Begriff, der das für mich sehr gut zusammenfasst, und das ist „lack of

„Die Tradition dient mir als Vergewisserung" – Michael Ramsauer im Gespräch mit Irmtraud Rippel-Manß

spirituality". Ich bin mittlerweile überzeugt, dass es mehr gibt als das, was wir so wahrnehmen. Ich würde mich nicht hineinsteigern wollen. Aber ich würde es nicht verneinen wollen

Es würde dich reizen, meinethalben aktuelle zeitnahe Gesellschaftskritik auszudrücken?

Ich sehe die Welt nicht so klar, dass ich diesen Anspruch haben könnte. Und ich bin nicht so schlau, dass ich anderen Leuten erzählen könnte, wie die Welt aussieht oder aussehen sollte. Francesco Clemente hat gesagt, Künstler sollten nur über das reden, von dem sie etwas verstehen.

Die Zeit, in der wir leben, ist natürlich großartig, sie ist fantastisch. Ich kann es teilweise nachvollziehen, dass man sie zum Thema macht. Und es gibt in der heutigen Kunstproduktion vieles, das intellektuell anspruchsvoll und visuell überzeugend ist, das einen für den Moment total begeistert. Aber ich sehe da auch immer sofort das Verfallsdatum. Und im Übrigen glaube ich nicht, dass jemand, nur weil er mit dem Computer malt oder Videos produziert, dann den Zeitgeist getroffen hat.

Ich möchte doch noch einmal dein Verhältnis zur Tradition ansprechen, mit dem du häufig argumentierst.

Die Tradition dient mir als Vergewisserung, aus ihr kommen Werte, die im Grundsatz nicht verletzt werden. Ich bin mit meiner relativ konservativen Haltung davon überzeugt, dass es ein paar Kriterien gibt, um ein Tafelbild zu malen, die wichtig sind und die nicht verlassen werden dürfen. Das ist die Komposition, das sind die Farbwerte oder wie man es nennen will, alles, was wir mit der Malerei gelernt haben. An diese Grundwerte, an Komposition, an formale Aspekte, an Ästhetik usw., an die glaube ich und die schätze ich einfach. Für mich ist Malerei nach wie vor die Königsdisziplin. Es ist immer noch ein sehr weites Feld. Vielleicht kann ich auch so sagen: Mir geht es um die Delikatesse der Malerei. Ich möchte ausloten, was Malerei alles leisten kann und wie es da für mich immer noch etwas zu entdecken gibt.

Hast du spezielle Vorbilder in der Kunstgeschichte?

Kunst ist eben ein langer Prozess, man steht auf bestimmten Schultern. Wenn ich sage, Leonardo da Vinci zum Beispiel ist der Größte, dann klinge ich als Resonanzkörper. Seine Kunst löst bei mir die größte Bewunderung aus. Er arbeitet malerisch so, dass man es einfach nicht nachvollziehen kann. Seine Zeichenkunst ist unbegreiflich präzise und überirdisch, etwas, das nicht von dieser Welt zu kommen scheint. Ich finde natürlich Künstler des 20. Jahrhunderts interessant. Ich finde Willem de Kooning zum Beispiel gut, natürlich. Aber dass mich etwas emotional richtig anfasst, erlebe ich nur bei Bildern aus der älteren

"Die Tradition dient mir als Vergewisserung" – Michael Ramsauer im Gespräch mit Irmtraud Rippel-Manß

Zeit. Mag sein, dass das Verklärung meinerseits ist. Aber es ist so. Ich entdecke sicher in der aktuellen Kunst etwas, was mir gefällt, worüber es sich lohnt nachzudenken. Aber ich kann nicht behaupten, dass es mich tiefer berührt. Und ich weiß einfach - das habe ich schon als Jugendlicher erlebt - dass Kunst einen verunsichern kann, dass sie es schafft, das Weltbild ins Wanken zu bringen, dass sie neue Gefühlswelten eröffnen kann.

Engel | 2003 | Öl auf Leinwand | 40 x 40 cm

Michael Ramsauer

1970	geboren in Oldenburg
1991 - 1995	Studium der Kunstgeschichte und klassischen Archäologie an der Christian Albrecht Universität, Kiel
1996 - 2000	Studium der Malerei bei Prof. Jürgen Waller an der Hochschule für Künste, Bremen
seit 2001	Atelier in Oldenburg
2004	Förderpreis Malerei der Kulturstiftung Öffentlicher Versicherungen Oldenburg
seit 2007	Atelier in Berlin

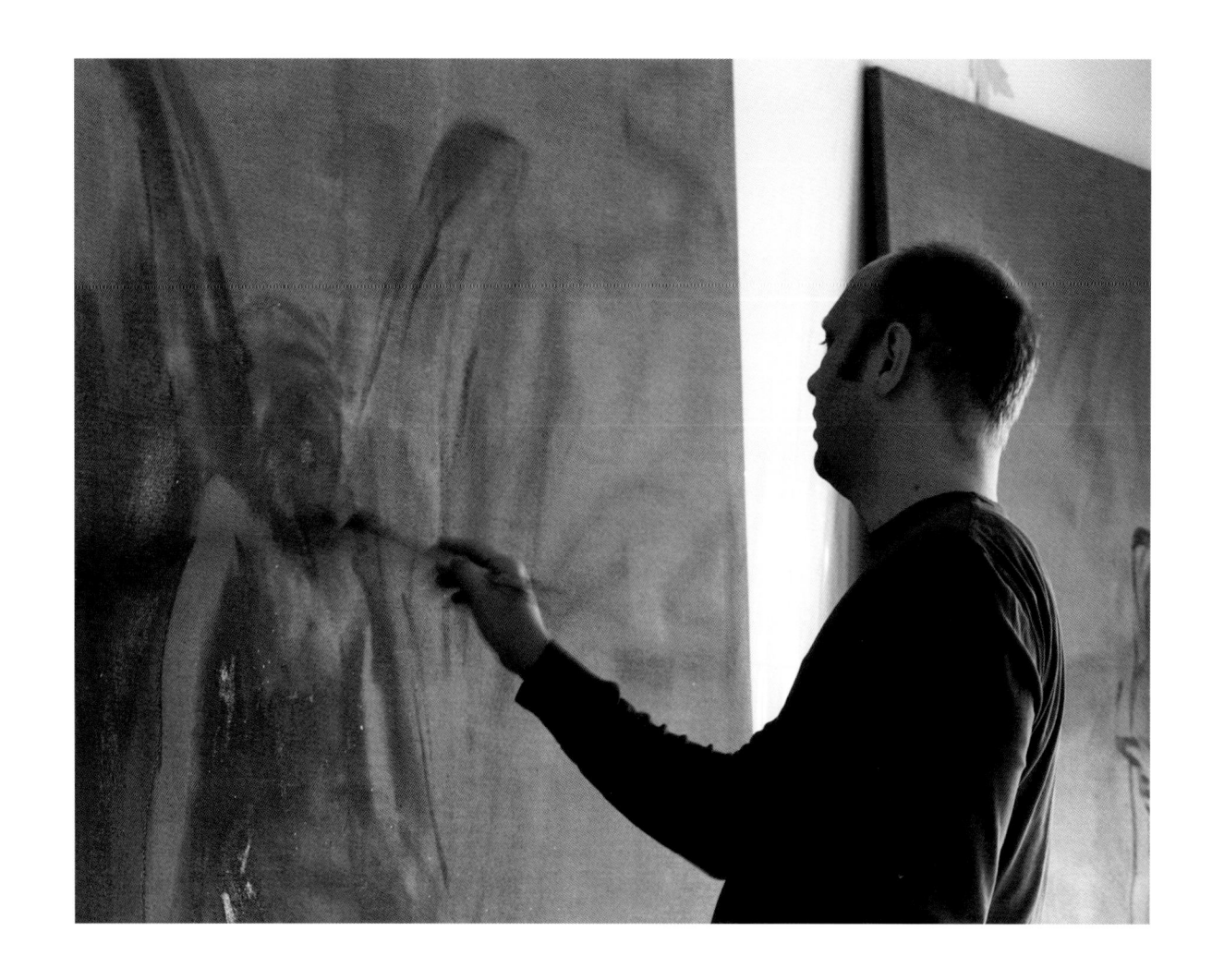

Die Autoren

Michael Hennberg, Historiker und Kunstkritiker, ist stellvertretender Geschäftsführer der Oldenburgischen Landschaft.

Jens Möllmann ist Theologisches Mitglied des Landeskirchlichen Bauausschusses der ev.-luth. Kirche in Oldenburg und seit 1997 Pfarrer in Neuenkirchen i.O.

Dr. Irmtraud Rippel-Manß ist Kulturjournalistin und Kunstmanagerin in Oldenburg

Dr. Daniel Spanke, Kurator des Kunstmuseum Stuttgart

Impressum

Redaktion:	rpm Kulturberatung
Fotos:	Hendrik Reinert
Grafikdesign:	Hendrik Reinert
Auflage:	500
ISBN:	978-3-9803833-7-0
Herausgeber:	Oldenburgische Landschaft

Mit freundlicher Unterstützung von:

ÖFFENTLICHE LANDESBRANDKASSE
VERSICHERUNGEN OLDENBURG